LA CLÉ DES CONTES

ISBN : 2-07-057334-6
Titre original :
How Stories Came to Earth - An Ashanti Legend
Un conte ashanti du Ghana raconté par Kaleki

Numéro d'édition : 139026
Loi n° 49-956 du 16 juillet 1949
sur les publications destinées à la jeunesse
Dépôt légal : septembre 2006
Imprimé en Chine

CONTE AFRICAIN • ILLUSTRATIONS DE JEAN-CLAUDE GÖTTING

ANANSI
le vieux sage

Traduction d'Anne Krief

GALLIMARD JEUNESSE

Comment les contes apparurent sur la terre...

C'était il y a très longtemps en Afrique, mon enfant, au temps de la première araignée, Kwaku Anansi.

Il parcourait le monde entier, Kwaku Anansi,

voyageant de fil en fil sur sa toile solide, l'air d'un vieux sage plus que d'une araignée. En ce temps-là, mon enfant, personne n'avait d'histoires à raconter.

Le dieu du ciel les gardait toutes pour lui, là-haut, enfermées dans un coffre en bois. Or, comme bien d'autres avant elle, l'araignée avait grande envie de ces histoires afin de connaître l'origine et le but de toute chose. Mais jamais personne encore n'était parvenu à se les approprier. Alors Anansi escalada sa toile et grimpa jusqu'au dieu du ciel, Nyame, pour les lui réclamer. Mon enfant, lorsque le puissant et majestueux dieu du ciel vit le frêle vieillard aux membres filiformes

s'approcher de son trône,
il partit d'un grand rire :

– Qu'est-ce qui te fait croire que tu serais plus capable qu'un autre de payer le prix que j'exige pour mes histoires ?

– Quel est donc ce prix ? voulut savoir l'araignée.

– Un prix extrêmement élevé : quatre créatures terrifiantes et insaisissables. Onini, le python, qui ne fait qu'une bouchée des hommes ; Osebo, le léopard aux dents comme des sabres ; Mmoboro, l'essaim de frelons

qui grouillent et qui piquent ; et Mmoatia, la fée que l'on ne voit jamais. Amène-les-moi.

L'araignée salua très respectueusement puis redescendit tranquillement dans les nuages. Elle avait bien l'intention de capturer les quatre créatures en échange des histoires. Alors Anansi commença par demander à sa femme, Aso, comment s'emparer d'Onini, le python mangeur d'hommes.

Aso lui indiqua un plan :

– Tu vas aller couper une branche de palmier et quelques lianes que tu apporteras au bord du cours d'eau où vit le python.

Tout en transportant son matériel vers le ruisseau, Anansi faisait des commentaires à voix haute :

– Elle est plus grande que lui. Non, c'est faux. Si, c'est vrai. Cette palme est plus grande et c'est lui qui est plus petit, beaucoup plus petit.

Or le python écoutait et il demanda à l'araignée ce qu'elle marmonnait.

– Qu'est-ce que tu racontes, Anansi ?

– Je dis que ma femme, Aso, est une menteuse, car elle prétend que tu es plus grand que cette palme ; mais moi, je soutiens le contraire.

– Place cette palme le long de mon corps, proposa Onini, le python, et nous verrons si elle a menti.

Anansi disposa donc la palme à côté du python qui s'étira de tout son long. Puis il attacha le serpent à l'aide de la liane, faisant plusieurs tours – et hop, et hop, et hop ! – jusqu'à la tête. Après quoi l'homme-araignée annonça à Onini :

– Idiot ! Je vais t'emmener au dieu du ciel.

Et c'est ce que fit Anansi après avoir tissé sa toile autour du python afin de le transporter plus facilement à travers les nuages, jusqu'au royaume des cieux.

Découvrant le serpent gigantesque, Nyame dit simplement :

– Tu es loin du compte.

L'araignée redescendit sur terre pour se mettre à la recherche du deuxième animal, Osebo, le léopard aux dents comme des sabres.

– Creuse un grand trou, lui conseilla Aso, sa femme.

– N'en dis pas plus, j'ai compris ! répondit Anansi.

Après avoir suivi les traces du léopard, Anansi creusa une fosse très profonde qu'il dissimula sous des branchages avant de rentrer chez lui.

Le lendemain matin, à son retour, il découvrit au fond du trou un grand léopard.

– Que t'arrive-t-il, léopard ? Tu n'aurais jamais dû aller chasser en pleine nuit. Voilà où tu en es ! Allez, pose ta patte ici, et ici, je vais t'aider à sortir de là.

Le léopard posa les pattes sur les branches qu'Anansi avait disposées au-dessus du trou et entreprit de sortir. Aussitôt, Anansi lui assena un grand coup de couteau en bois derrière la tête – bing ! Le léopard retomba au fond du trou – boum ! Et Anansi s'empressa de l'attacher fermement aux branchages en faisant des centaines de tours avec le fil de sa toile.

– Idiot ! Je vais t'apporter au dieu du ciel en échange de ses histoires.

Mais le dieu du ciel découvrit le léopard en disant :

– Le compte n'y est toujours pas.

Ensuite, l'homme-araignée partit à la recherche de Mmoboro, l'essaim de frelons qui grouillent et qui piquent.

Il expliqua à sa femme ce qu'il recherchait et voici ce qu'elle lui conseilla :

– Trouve une calebasse vide et remplis-la d'eau.

Anansi obéit et parcourut la

brousse en tous sens jusqu'à ce qu'il découvrît un essaim de frelons accroché à un arbre. Il puisa un peu d'eau dans la calebasse et en aspergea l'essaim. Puis il coupa une feuille de bananier et s'en protégea la tête. Après quoi, il s'aspergea de la tête aux pieds avec l'eau qui restait dans la calebasse. Alors, tout dégoulinant, il s'adressa ainsi aux frelons :

– Ça y est, il pleut, il pleut !

Vous me voyez avec ma feuille sur la tête? Réfugiez-vous vite dans ma calebasse vide pour que la pluie n'abîme pas vos ailes.

– Merci, bzzzzz, Kwaku. Merci, bzzzzz, Anansi.

Anansi boucha soigneusement la calebasse en dévidant tout autour des mètres et des mètres du fil épais de sa toile.

– Idiots ! dit-il. Je vais vous apporter au dieu du ciel en échange de ses histoires.

Nyame, le dieu du ciel, accepta Mmoboro, l'essaim de frelons qui grouillent et qui piquent, et dit :

– Le compte n'y est pas tout à fait.

Anansi savait parfaitement ce qui manquait :

Mmoatia, la fée que personne ne voyait. De retour sur la terre, il demanda conseil à Aso. Alors il sculpta une petite poupée au visage tout noir et tout plat, qu'il enduisit de résine d'arbre très collante.

Puis Anansi découvrit l'arbre auprès duquel les fées aimaient s'amuser. Ensuite il écrasa des ignames, en déposa un peu dans la main de la poupée, et le reste dans un plat en cuivre à ses pieds, non loin de l'arbre. Après quoi il alla se cacher dans les broussailles, tenant à la main le bout d'une liane qu'il avait nouée au cou de la poupée.

Les fées, deux sœurs, ne tardèrent pas à

apparaître. Elles virent tout de suite la purée d'ignames et la poupée à qui elles demandèrent si elles pouvaient y goûter. Anansi fit hocher la tête de la poupée en tirant sur la liane. Les fées se regardèrent et remercièrent la poupée qui ne réagit pas. Alors elles se fâchèrent.

– Je la remercie, et elle ne répond même pas, remarqua une des sœurs.

– Tu n'as qu'à lui donner une claque, rétorqua l'autre.

Ce qui fut dit fut fait : une claque sur la joue – pan !

Mais, comme sa main restait collée, la fée la gifla de l'autre main – pan ! – et cette main resta collée à son tour. Donc elle lui donna des coups de pied : un pied, puis l'autre, et eux aussi restèrent collés à la petite poupée de bois. Enfin elle colla son ventre contre la statuette… et ne put plus l'en détacher.

Alors Anansi sortit de sa cachette et dit :

– Idiote ! Je t'ai bien eue et je vais t'apporter au dieu du ciel en échange de ses histoires.

Anansi enroula sa toile autour de Mmoatia, la quatrième créature qu'exigeait Nyame, et la lui apporta au royaume des cieux. Alors le dieu du ciel convoqua toute sa cour à qui il montra les quatre créatures. Il expliqua que l'homme-araignée avait réussi là où tout le monde avait échoué et annonça d'une voix tonitruante :

– À dater de ce jour et jusqu'à la fin des temps, les histoires du dieu du ciel t'appartiennent.

Nous les appellerons désormais « les Contes de l'araignée ».

C'est ainsi, mon enfant, que les contes arrivèrent sur la terre grâce à la formidable astuce de Kwaku Anansi et de sa femme, Aso. Lorsque Anansi eut rapporté chez lui le coffre aux histoires, il

s'empressa de les apprendre toutes, ainsi que sa femme.

Anansi et Aso les racontent encore aujourd'hui. Regarde, tu vois, jour après jour ils tissent leur toile de contes et de légendes afin de les faire connaître au monde entier.

Le conte africain

Dans les pays africains, le savoir et les traditions se sont transmis oralement. Le conte africain est un miroir de la société qui reflète les croyances et les coutumes. Il a aussi un rôle initiatique. Grâce au pouvoir d'évocation du conteur, il nourrit l'imaginaire des enfants.

Verre décoré de M'Bida représentant un griot jouant du xalam, petite guitare traditionnelle du Sénégal. Art traditionnel directement sur verre au dessin, pinceau, encre ou peinture noire, XIXe siècle. Extrait du livre *Majestueux Sénégal.*

Le conte est une fiction et une école de la vie.

En Afrique, les contes et les légendes ne sont pas fixés par l'écriture. Ce sont les anciens, les grands-pères et les grands-mères, qui les transmettent. Le conte est une fiction qui relate des événements imaginaires, hors du temps présent ou dans les temps lointains. Certains récits prétendent raconter la réalité, des événements réels arrivés dans le village ou à des personnes connues. Mais, d'une manière générale, ils sont inventés. Les faits historiques se transmettent à travers les mythes. On appelle ceux-ci « parole vraie ». La vie quotidienne y a pourtant sa place. Le conte parle de chasse, de pêche, d'agriculture, d'élevage, d'animaux sauvages, mais aussi de la guerre, de la famine, des difficultés des jeunes à devenir adultes. Il apprend à réfléchir aux grandes questions que les humains se posent partout dans le monde : comment se comporter dans la communauté, quelle est la nature des relations entre les jeunes et les adultes, et surtout le respect des traditions et des anciens.

Masque en or ashanti du Ghana. Ce masque était réservé aux grandes cérémonies religieuses ou rituelles. Le travail de l'or était très élaboré chez les Ashantis.

Conteur dialoguant avec des enfants. Ceux-ci peuvent poser des questions auxquelles le griot répond par une histoire à chaque fois adaptée.

Le conteur ou griot

Le griot est un personnage central de la société africaine. Il enseigne l'histoire de son peuple. Il divertit et instruit en même temps. Rattaché à une grande famille, il raconte le passé glorieux, épique d'un héros, d'un prince ou d'un royaume. Il est le gardien de la mémoire et connaît tous les chants sacrés. C'est le plus souvent au pied d'un arbre, le plus gros, le plus ancien du village, que le griot s'installe. Les enfants s'assoient autour de lui. Le point de départ du conte est une question d'un enfant. Le conteur fait revivre des personnages. Par ses gestes, il imite le bruit du vent ou encore le cri des bêtes… Parfois, il chante et peut aussi être accompagné d'un instrument de musique qui rythme son récit. Le chant rythmé aide en effet à se souvenir des paroles. Les enfants rêvent tout en réfléchissant et en apprenant. Par sa transmission, le conte fait le lien entre les générations.

Sotigui Kouyaté interprétant *Tierno Bokar*, d'Amadou Hampâté Bâ, mis en scène par Peter Brook en 2004

Amadou Hampâté Bâ

Né au Mali, Hampaté Bâ (1900-1991), surnommé « le sage d'Afrique », a voulu sauvegarder la mémoire de son peuple. À travers une œuvre considérable, il a largement contribué à faire mieux connaître l'Afrique noire et il a aussi travaillé au rapprochement des cultures et des religions. Il a dit : « En Afrique, à défaut de livres, l'enseignement se trouve dans les contes, les maximes et les légendes. Il n'y a pas une seule chansonnette, [...] qui n'ait son sens et son objectif. » Et aussi : « En Afrique, chaque fois qu'un vieillard meurt, c'est une bibliothèque qui brûle. »

Anansi ou l'origine des contes

Les contes ashantis sont célèbres pour mettre en scène des animaux qui cherchent mutuellement à se duper. Le personnage d'Anansi l'araignée est le personnage clé. L'araignée, qui coïncide avec la forêt côtière, est un animal essentiel dans la mythologie des Ashantis. *Anansi* est un peu le conte des contes. Si les hommes veulent pouvoir raconter des histoires, ils doivent aller les chercher auprès du dieu du ciel. Mais le dieu exige que l'homme, qui d'ailleurs n'est encore qu'une pauvre araignée, surmonte un certain nombre d'épreuves : capturer trois animaux et une fée. Alors le dieu lui confiera les contes…

Les Ashantis

Le peuple ashanti vit au Ghana, situé entre la Côte d'Ivoire et le Togo. Le pays ashanti, autrefois appelé Côte de l'Or, était très florissant au XVIIe siècle, mais son pouvoir fut supplanté par les Hollandais et il fut colonisé au XIXe siècle par les Britanniques. En 1957, lors de l'indépendance, on donna le nom de Ghana à la Côte de l'Or .

Chants et danses traditionnels lors d'une fête africaine.
Tout le village est rassemblé autour du conteur.
Le griot accompagne ses contes à la guitare.

Tête ashanti, sculpture

Un guerrier ashanti du Ghana en 1824. Illustration de C. William, 1824.

Les contes d'animaux

L'Ouest africain connaît plusieurs types de contes, ou cycles : le cycle du Lièvre, celui de l'Hyène, celui de l'Araignée. Avec celui de l'Antilope, ce sont les grands cycles animaliers.

Dans ces contes, la satire sociale est virulente. Mais on assiste le plus souvent au triomphe de la ruse sur la force et à la revanche des petits sur les grands.

Que nous dit Anansi ?

Pour arriver à ses fins, il faut réfléchir, mais surtout faire preuve d'astuce. Il s'agit de bien comprendre ce qu'on attend de nous, et de trouver des solutions.

Il faut se familiariser avec la nature et les bêtes qui nous entourent. Il faut savoir écouter les autres et, avant tout, tenir compte de l'avis des femmes, de leur sagesse et de leur esprit pratique !

Griot en costume traditionnel avec son balafon, Côte d'Ivoire

Village cafre, vers 1820. Illustration de Paul Fumagalli, 1820.

Araignée à cornes de singe, Afrique du Sud.

À votre tour !

Imaginez des animaux fabuleux, qui doivent rivaliser d'imagination et d'habileté pour conquérir la parole, cette parole réservée habituellement aux humains.

Iconographie :
Nathalie Lasserre

28 g Masque ashanti du Ghana en or, collection particulière. © Bridgeman/Giraudon.
28 m Peinture « fixé sous verre » de Côte d'Ivoire, le « griot ». © HPP/Hoa-Qui/Michel Huet.

28-29 Le conteur et son public, Ouganda, 1954. © Magnum/George Rodger.

29 Sotigui Kouyate interprète *Tierno Bokar* de Hamadou Hampaté Ba. © Agence Enguerand-Bernand/Marc Enguerand.

30 Tête ashanti en pierre, collection particulière. © Corbis/Werner Forman.

30-31 h Le village rassemblé, tout le monde écoute le conteur Oumar Djagouraga, Mali, 1993. © Magnum/Patrick Zachmann.
30-31 b Village africain, gravure couleur, XIXe siècle, collection Stapleton. © Corbis/Stapleton Collection.

31 hg Guerrier ashanti du Ghana, gravure C. Wilhiam, 1824, The British Library. © Heritage Images/Leemage.
31 hd Griot de Côte d'Ivoire. © HPP/Hoa-Qui/Michel Huet.
31 bd Araignée à cornes, Afrique du Sud. © Corbis/Nigel J. Dennis/Gallo Images.